AF290105

La Peur et Autres Contes fantastiques

de Guy de Maupassant

Rendez-vous sur lepetitlitteraire.fr et découvrez :

Plus de 1200 analyses
Claires et synthétiques
Téléchargeables en 30 secondes
À imprimer chez soi

GUY DE MAUPASSANT 9

LA PEUR ET AUTRES CONTES FANTASTIQUES 11

RÉSUMÉ 13

« La Peur »
« Sur l'eau »
« La Main »
« Apparition »
« Lui ? »
« Qui sait ? »

ÉTUDE DES PERSONNAGES 21

« La Peur »
« Sur l'eau »
« La Main »
« Apparition »
« Lui ? »
« Qui sait ? »

CLÉS DE LECTURE 26

Le fantastique
Le schéma narratif du conte fantastique
Les thèmes du fantastique

PISTES DE RÉFLEXION 47

Quelques questions pour approfondir sa réflexion…

POUR ALLER PLUS LOIN 51

GUY DE MAUPASSANT

ROMANCIER
ET NOUVELLISTE FRANÇAIS

- **Né en 1850 à Tourville-sur-Arques (Seine-Maritime)**
- **Décédé en 1893 à Paris**
- **Quelques-unes de ses œuvres :**
  - *Boule de Suif* (1880), nouvelle
  - *Les Contes de la bécasse* (1883), recueil de nouvelles
  - *Bel-Ami* (1885), roman

Guy de Maupassant est un écrivain français, auteur de 6 romans et près de 300 nouvelles. Il passe sa jeunesse en Normandie, où il commence des études de droit. En 1870, il s'engage comme volontaire dans la guerre franco-prussienne (1870), puis s'installe à Paris où il travaille comme fonctionnaire.

Gustave Flaubert (romancier français, 1821-1880), qui est un ami de sa mère, le prend sous sa protection et l'introduit dans les milieux littéraires. Il fréquente alors les écrivains réalistes et naturalistes, dont Émile Zola (écrivain français, 1840-1902). De 1880 à 1890, il écrit des romans (*Une vie* [1883], *Bel-Ami*, etc.) et de nombreuses nouvelles réalistes (*Boule de suif, La Maison Tellier* [1881], etc.) ou fantastiques (*Le Horla* [1887], *La Peur* [1882], etc.) dans lesquelles il rend compte de sa vision pessimiste de la société. Il sombre dans la folie en 1890 et meurt en 1893.

LA PEUR ET AUTRES CONTES FANTASTIQUES

DES CONTES SUR LA PEUR

- **Genre :** recueil de contes fantastiques
- **Édition de référence :** *La Peur et Autres Contes fantastiques*, Paris, Larousse, 2009, 127 p.
- **1re édition :** 1888
- **Thématiques :** peur, fantastique, étrange, mort, fantôme, folie

Le recueil *La Peur et Autres Contes fantastiques* comprend six récits, dont « La Peur ».

Dans les six contes, les victimes font l'expérience de la peur, chacune à leur façon : tandis que les unes se retrouvent face à face avec un fantôme, d'autres frissonnent devant des objets qui s'animent ou au contact de phénomènes étranges. Le lecteur suit alors, à travers le regard naïf et ébranlé du protagoniste, l'ascension de la peur jusqu'au point de non-retour. L'intensité et la simplicité des contes en ont fait leur génie et leur succès. Ils sont d'autant plus captivants que le caractère de Maupassant se retrouve dans ses héros.

RÉSUMÉ

« LA PEUR »

Sur un bateau, un homme livre à son équipage son expérience de la peur en racontant quelques malheureuses aventures passées.

Il ressentit la peur pour la première fois en Afrique. Tandis qu'il traversait le Sahara, il entendit « le mystérieux tambour des dunes » (p. 22), celui qui fait dire aux Arabes : « la mort est sur nous » (*ibid.*). Soudain, l'un de ses amis tomba de son cheval, « foudroyé par une insolation » (p. 23).

Un autre jour, alors qu'il partait chasser avec un guide, il s'arrêta chez un garde forestier. Celui-ci était « hanté par le souvenir » (p. 24) d'avoir tué un braconnier deux ans auparavant. Sa famille était effrayée, persuadée que le fantôme du braconnier s'apprêtait à surgir dans leur foyer. La tension était à son comble et le chien, qui semblait sentir la présence du fantôme, se mit subitement à hurler. Le garde forestier le jeta alors dans la cour. Soudain, un être frôla le mur, gratta à la porte et apparut derrière la vitre : il avait « une tête blanche avec des yeux lumineux » (p. 26). Le garde forestier tira. À l'aube, tous découvrirent le chien gisant à la porte, abattu d'une balle dans la gueule.

« SUR L'EAU »

Le narrateur sympathise avec un vieux canotier qui lui raconte les pouvoirs de la rivière et l'une de ses mésaventures.

Une nuit, alors qu'il rentrait seul sur son bateau, il profita de la tranquillité des environs pour s'allonger et fumer la pipe. D'abord « ému par le silence extraordinaire » (p. 31) qui l'entourait, il passa ensuite de la solennité à l'angoisse : il se sentit « balloté comme au milieu d'une tempête » (p. 32), comme si « un être ou une force invisible l'attirait doucement au fond de l'eau » (*ibid.*), qui était pourtant calme. Il décida alors de rentrer chez lui, mais il lui était impossible de remonter l'ancre : il dut se résoudre à attendre le passage d'un pêcheur. Il se calma, sirota du rhum et fuma en riant de sa situation.

Pourtant, très vite, il ressentit à nouveau une « étrange agitation nerveuse » (*ibid.*), une sorte d'« effroi bête et inexplicable » (p. 33). Au prix d'efforts mêlés d'angoisse, il finit par s'assoupir devant un spectacle irréel : le brouillard s'était mué sur les berges en une « colline ininterrompue » (p. 34). Quand il se réveilla, il avait perdu toute notion de temps et d'espace, et fut sorti de sa torpeur par un pêcheur qui passait par là. Il lui raconta sa mésaventure et lui demanda de l'aide pour remonter l'ancre de son bateau. Comme celle-ci paraissait bloquée, ils firent appel à un troisième homme. Lorsque l'ancre fut remontée, ils découvrirent le « cadavre d'une vieille femme qui avait [...] une grosse pierre au cou » (p. 35).

« LA MAIN »

Lors d'une soirée mondaine, M. Bermutier, juge d'instruction, raconte une affaire « où vraiment semblait se mêler quelque chose de fantastique » (p. 38).

Alors qu'en qualité de juge d'instruction, M. Bermutier s'occupait des vendettas à Ajaccio (Corse), un nouvel habitant – un Anglais reclus et mystérieux – attira un jour son attention. Il s'agissait de John Rowell, un aventurier, chasseur et collectionneur d'armes. Alors qu'il lui rendait visite, le regard du juge d'instruction fut attiré par un objet étrange : une main de cadavre accrochée par une chaine à un mur. « C'été ma meilleur ennemi » (p. 41), assura l'Anglais. Devant l'étonnement de M. Bermutier de voir une main d'écorché enchainée, l'Anglais insista : « Cette chaîne été nécessaire. » (p. 42)

Après avoir fréquenté quelques temps John Rowell, il le perdit de vue jusqu'au jour où il apprit qu'il avait été assassiné, comme « étranglé par un squelette » (*ibid.*). Il se rendit sur les lieux, constata que la main d'écorché avait disparu, mais qu'un morceau des doigts de cette main se trouvait dans la bouche du cadavre. Jamais on ne trouva le coupable. Quant à la main, elle fut retrouvée sur la tombe de John Rowell, avec un doigt en moins.

Le juge explique que, selon lui, le propriétaire de la main n'était pas mort et qu'il s'était tout simplement vengé.

« APPARITION »

Lors d'une soirée entre amis, le vieux marquis de la Tour-Samuel raconte une histoire qui est devenue « l'obsession de [sa] vie » (p. 47).

En 1827, alors qu'il était militaire en garnison à Rouen (Normandie), il retrouva un ami d'enfance désespéré par la mort de sa jeune femme. Cet ami lui demanda un service : se rendre dans la chambre de sa défunte épouse et y prendre des papiers importants. Or personne n'avait pénétré dans le château depuis le drame. Il se rendit donc au château. Il laissa une lettre au jardinier, qui tenta de le mettre en garde. En vain ! Il fonça dans la chambre obscure et moisie.

Cherchant dans des liasses de papier, il ressentit à deux reprises un « petit frisson désagréable » (p. 51) dans son dos, puis un « grand et pénible soupir » (*ibid.*) lui fit faire « un bond de fou à deux mètres de là » (*ibid.*). Une femme « vêtue de blanc » (*ibid.*) aux longs cheveux noirs lui demanda d'apaiser ses souffrances en la peignant. Il s'exécuta, maniant cette « chevelure de glace » (p. 53) avec effroi. Puis l'apparition quitta soudainement la pièce et il en profita pour s'enfuir.

Ébranlé face à cette situation hors du commun, il souhaita rester seul, car les questions se bousculaient dans sa tête. Il lui fallait encore déposer chez son ami les papiers récupérés au château. Le lendemain, il se rendit chez ce dernier, mais il avait disparu.

Depuis 52 ans, le marquis n'a jamais rien su de plus sur cette affaire.

« LUI ? »

Le récit de ce conte se présente sous la forme d'une lettre. Un jeune homme annonce son mariage à l'un de ses amis. Le futur marié, amoureux de toutes les femmes, avoue sans honte qu'il se marie avec une bourgeoise inconnue parce qu'il ne veut plus être seul. En effet, une nuit a changé sa vie et, alors qu'il était d'un naturel gai et confiant, il est devenu un être nerveux et ébranlé. Il définit son malaise en déclarant : « J'ai peur de moi ! J'ai peur de la peur, [...] peur des spasmes de mon esprit qui s'affole [...] » (p. 58)

Tout a basculé l'automne précédent : une nuit, alors qu'il rentrait chez lui, une vision étrange lui est apparue. Un homme, qu'il prit d'abord pour un ami venu à l'improviste, était endormi dans son fauteuil, devant le feu. Mais, lorsqu'il voulut lui toucher l'épaule, il ne rencontra que le bois du siège. Depuis cet instant, il a peur de cette ombre et revoit sans cesse la scène : « Cette vision le hante, c'est fou. » (p. 63)

Il persiste à ne pas croire aux apparitions, mais rien n'y fait : la peur et l'appréhension l'habitent.

« QUI SAIT ? »

Un homme raconte une expérience qu'il a vécue, « si bizarre, si inexplicable, si incompréhensible » (p. 67) qu'elle l'a mené en maison de santé.

Reclus et peu philanthrope, il vivait à cette époque dans une maison non loin de la ville. Une nuit, alors qu'il revenait du théâtre, il eut un étrange « pressentiment » (p. 70) en approchant de sa maison. Après être resté assis quelques instants sur un banc, à l'extérieur, il entra chez lui et surprit un étrange ballet. Dans son salon, les meubles s'agitaient et il les vit s'enfuir par la porte d'entrée, suivis des bibelots et étoffes, dans « une course irrésistible » (p. 72).

Suite à cet épisode, son état nerveux commença à l'inquiéter. Sur les conseils des médecins, il voyagea alors en Italie, puis en Afrique. L'évasion lui fit grand bien, mais dès qu'il rentra à Paris, son malaise revint. Il partit donc se changer les idées en Normandie, où il retrouva ses meubles et objets décoratifs chez un brocanteur. Il en racheta quelques-uns et prévint la police. Mais, le lendemain, la perquisition ne donna aucun résultat : il n'y avait ni meubles ni brocanteur. C'est alors qu'il reçut une lettre de son jardinier, lui annonçant que tous ses objets étaient revenus chez lui, et avaient repris leur place. Le brocanteur fut soupçonné, mais demeura introuvable.

Quant à lui, il demanda lui-même à être interné, tout en gardant cette peur que le brocanteur, devenu fou à son tour, le rejoigne un jour.

ÉTUDE DES PERSONNAGES

« LA PEUR »

Le personnage principal est un homme d'expérience, « un de ces hommes qu'on devine trempés [...] de courage » (p. 20).

C'est un aventurier « au teint bronzé » (p. 21), un chasseur qui a voyagé en Amérique et en Asie, qui a traversé l'Afrique. Il définit la peur comme une expérience « épouvantable » (p. 25), une « angoisse du cœur, de l'âme et du corps » (p. 26), une impression de se sentir « défaillir, prêt à mourir » (*ibid.*).

« SUR L'EAU »

Le personnage principal est le second narrateur de la nouvelle, le premier n'étant qu'un intermédiaire pour le lecteur.

C'est un vieux canotier expérimenté, amoureux de la rivière et habitant à la campagne. Cet homme calme, simple et modeste est en proie, dans l'aventure qu'il relate, à des sentiments extrêmes, passant à plusieurs reprises du calme à l'effroi le plus total.

En effet, il ressent la peur de différentes manières : tantôt il tressaille au moindre bruit ou s'inquiète du silence et des légers mouvements de sa barque (p. 26), tantôt c'est « une sueur froide » (p. 27) qui le glace des pieds à la tête. Cette peur grandit peu à peu et s'empare de tout son être : « J'éprouvais un malaise horrible, j'avais les tempes serrées, mon cœur battait à m'étouffer. » (p. 33) Bien qu'il essaie de se « raisonner » (*ibid.*), il a l'impression qu'il perd le contrôle, comme si deux êtres s'opposaient en lui, le « moi poltron » et le « moi brave » (*ibid.*).

« LA MAIN »

Le personnage principal, narrateur de ce récit, est un homme d'un certain âge qui exerce le métier de juge d'instruction. Son objectif est de résoudre des affaires criminelles. Il est respecté de son entourage. La peur, il l'a ressentie comme « un frisson dans le dos » (p. 43) qui l'a poursuivi plusieurs mois après les faits dans « un affreux cauchemar » (*ibid.*). L'affaire qu'il rapporte met surtout en exergue son réel doute et son incompréhension face à une telle situation, même si sa version des faits reste raisonnable.

« APPARITION »

Le personnage principal est un homme âgé de 82 ans. Il représente la sagesse et l'expérience. Il révèle son histoire, car son âge le permet. C'est un homme brave et raisonnable, comme le veut sa condition de marquis. L'expérience étrange et inexplicable qu'il a vécue l'a changé à tout jamais et est devenue une véritable obsession. Il décrit ainsi son ressenti lorsqu'il se trouve face au fantôme de la défunte : « L'âme se fond ; on ne sent plus son cœur ; le corps entier devient mou comme une éponge, on dirait que tout l'intérieur de nous s'écroule. » (p. 52)

« LUI ? »

Le narrateur est un jeune homme plein d'entrain, amoureux des femmes et des soirées parisiennes. Il vient d'une bonne famille et s'apprête à épouser une fille de classe moyenne. On l'imagine avec du tempérament et de la verve. Mais la vision de l'homme dans le fauteuil le trouble à jamais. Sa peur ne traduirait-elle pas la schizophrénie (psychose qui se caractérise notamment par une dissociation de la personnalité, la perte de contact avec le monde réel et le repli sur soi) ? En effet, la peur de l'autre coïncide parfois avec la peur de soi et de ce dont on est capable. Il avoue son malaise avec une phrase paroxystique forte : « J'ai peur de la peur. » (p. 58)

« QUI SAIT ? »

Le personnage de « Qui sait ? » est le plus fébrile et le plus proche de la folie anxieuse. Dès le début de ce qui apparait comme une lettre, il multiplie les interrogations et les exclamations, et il a besoin d'écrire pour chasser l'angoisse qui est en lui. C'est un homme fragile de nature, car sujet à la solitude et à l'isolement. Il vit loin des hommes et est amoureux des objets. Il succombe donc rapidement aux conséquences de la peur, en particulier le repli sur soi par crainte que le brocanteur ne le retrouve et lui fasse du mal : « Je n'ai qu'une peur... Si l'antiquaire devenait fou... et si on l'amenait dans cet asile... Les prisons elles-mêmes ne sont pas sûres... » (p. 80)

À l'exception du personnage principal de « Qui sait ? », les autres personnages sont typiques du fantastique de Maupassant : l'auteur met en scène des individus ordinaires et raisonnables, voire des hommes d'expérience, et leur fait soudainement expérimenter le sentiment de peur.

CLÉS DE LECTURE

LE FANTASTIQUE

En France, le fantastique connait un essor considérable au XIXe siècle avec des auteurs tels que Prosper Mérimée (écrivain français, 1803-1870) et *La Vénus d'Ille* (1837), ainsi que Théophile Gautier (écrivain français, 1811-1872) et *La Morte amoureuse* (1836).

L'époque célèbre l'exotisme inspiré par la redécouverte de la culture orientale, et cet attrait pour l'ailleurs inspire les auteurs qui franchissent parfois les limites du réalisme pour puiser dans les légendes des pays lointains, comme cette légende du « mystérieux tambour des dunes » (p. 22), évoquée par Maupassant dans « La Peur ».

Au lendemain de la révolution industrielle, le progrès de la technologie ouvre également la voie d'une imagination sans borne. Des œuvres telles que *Dracula* (1897) de Bram Stocker (écrivain anglais, 1847-1912) ou *Frankenstein ou le Prométhée moderne* (1818) de Mary Shelley (femme de lettres anglaise, 1797-1851) sont des références évidentes en la matière, car elles mettent en scène des personnages surnaturels. Maupassant, dans « Apparition », fait également intervenir ce type de personnage : le fantôme d'une défunte.

Le récit fantastique se définit par l'irruption d'un élément surnaturel dans un cadre réaliste. Selon le théoricien Tzvetan Todorov (critique littéraire français, 1939-2017), le fantastique se situe entre le merveilleux et l'étrange :

- le merveilleux s'inscrit dans le domaine de l'imaginaire. Le cadre est irréaliste et la fiction s'avère pleine de fantaisie. C'est un genre annoncé avec des codes attendus ;
- l'étrange se situe à la frontière du fantastique. Des faits hors du commun, voire surnaturels, sont acceptés par l'homme et trouvent des explications rationnelles.

Le fantastique se différencie de ces deux genres par le motif de l'intrusion. Le réalisme du récit est en effet soudainement rompu par un fait ou un évènement hors du commun (apparition, fantôme, objets animés, anthropomorphisme, etc.)

qui va à l'encontre de la raison et ne trouve aucune explication :

> « Et voilà que j'aperçus tout à coup, sur le seuil de ma porte, un fauteuil, mon grand fauteuil de lecture, qui sortait en se dandinant. Il s'en alla par le jardin. D'autres le suivaient, ceux de mon salon, puis les canapés bas se trainant comme des crocodiles sur leurs courtes pattes, puis toutes mes chaises, avec des bonds de chèvres, et les petits tabourets qui trottaient comme des lapins. » (« Qui sait ? », p. 71-72)

Ainsi, dans les récits fantastiques, les héros vivent des émotions extrêmes (peur, angoisse, folie, torpeur, perte des repères, doute, etc.) et les évènements inexplicables auxquels ils sont confrontés peuvent parfois avoir sur eux des conséquences importantes (folie, schizophrénie, aliénation, dédoublement de personnalité, amorphisme, sensation de vide, marginalisation, etc.) : « Il me hante, c'est fou, mais c'est ainsi. Qui, Il ? Je sais bien qu'il n'existe pas, que ce n'est rien ! Il n'existe que dans mon appréhension, que dans ma crainte, que dans mon angoisse ! » (« Lui ? », p. 63) Plus particulièrement, dans les récits fantastiques de Maupassant étudiés :

- les héros, tous de sexe masculin, sont seuls face à la manifestation du surnaturel et à leur sentiment de peur, et sont les uniques victimes (« Resté seul, j'eus, pendant quelques secondes, ce trouble effaré des réveils après les cauchemars », « Apparition », p. 53) ;
- la focalisation est interne, c'est-à-dire que le lecteur ne lit que le point de vue des héros (le « je » est donc omniprésent), ce qui renforce encore l'ambiance de peur (« Il me sembla que je voyais la main, l'horrible main, courir comme un scorpion ou comme une araignée le long de mes rideaux ou de mes murs », « La Main », p. 43) ;
- on a affaire à des sentiments extrêmes, voire contradictoires. Tous les protagonistes passent de l'effroi au calme, du soubresaut à la sérénité, pour ne retomber que plus brutalement dans un état de tension forte (« Quel soulagement ! Quelle joie ! Quelle délivrance ! J'allais et je venais d'un pas gaillard. Mais je ne me sentais pas rassuré ; je me retournais par sursauts ; l'ombre des coins m'inquiétait », « Lui ? », p. 63) ;
- les récits se focalisent davantage sur les émotions des protagonistes que sur l'action,

qui est réduite au strict minimum. C'est la description des émotions de peur qui crée l'ambiance fantastique (« Et j'avançai, perclus, agonisant d'émotion, mais j'avançai, car je suis brave, j'avançai comme un chevalier des époques ténébreuses pénétrait en un séjour de sortilèges », « Qui sait ? », p. 76) ;

- les manifestations surnaturelles ne peuvent être comprises par la raison et aucune théorie n'est d'ailleurs avancée pour tenter de les comprendre (« "Mais ce n'est pas un dénouement cela, ni une explication !" [...] "Je vous avais bien dit que mon explication ne vous irait pas" », « La Main », p. 44) ;
- les conséquences de l'expérience surnaturelle sur la victime sont souvent mises en avant. Au mieux le protagoniste tait son secret comme dans « Apparition », au pire il finit en maison psychiatrique de son plein gré comme dans « Qui sait ? ». Mais aucun n'en sort indemne, ils décrivent leurs nerfs comme ébranlés et souffrent d'agitation nerveuse (« Il m'est demeuré de ce jour-là une marque, une empreinte de peur, me comprenez-vous ?, « Apparition », p. 47).

Notons que chez Maupassant, il est parfois difficile de séparer l'œuvre de la vie de l'auteur, qui a fini ses jours interné dans une clinique parisienne. On est dès lors en droit de se demander si Maupassant décrit des expériences personnelles ou complètement imaginaires.

LE SCHÉMA NARRATIF DU CONTE FANTASTIQUE

Les contes fantastiques de Maupassant suivent le schéma narratif simple (situation initiale, élément perturbateur, péripéties, élément équilibrant, situation finale), tout en y insérant le plus souvent les caractéristiques liées au genre (intrusion du surnaturel et avertissement, transgression, traces de l'aventure fantastique).

En outre, la particularité des contes fantastiques de Maupassant est de suivre la structure du récit dans le récit, c'est-à-dire du récit encadré dans un récit encadrant. Ainsi, dans un cadre spatiotemporel donné et devant un public tout ouïe, un premier narrateur commence le conte : il annonce au lecteur qu'une aventure étrange qui s'est produite dans le passé va lui être racontée.

Ce narrateur, qui pose le cadre, est soit le narrateur du second récit, comme dans « Qui sait ? », soit indéterminé, comme dans « La Main ». L'histoire étrange, c'est-à-dire le récit encadré, prend la place la plus importante dans le conte. Il est pris en charge par un second narrateur qui peut être identique au premier narrateur ou qui est l'un des personnages du récit encadrant, comme dans « Sur l'eau ».

La situation initiale

Il s'agit du début de l'histoire, généralement les premières lignes du récit. L'auteur y plante le cadre spatiotemporel et présente les personnages principaux. L'univers est réaliste : en effet, l'histoire se passe à une époque clairement donnée ou facilement repérable et les lieux sont réels. Ainsi, « Sur l'eau » se passe sur la Seine, à quelques kilomètres de Paris et, dans « Apparition », le narrateur se rend dans un château proche de Rouen : « C'était en 1827, au mois de juillet. » (p. 48)

Le héros du récit est le narrateur. Il raconte, à la première personne, une histoire basée sur des évènements qu'il a personnellement vécus, ce qui en garantit l'authenticité. Dans la situation initiale, le narrateur ne ressent pas la peur, car l'aventure surnaturelle qu'il va vivre commence dans un cadre réaliste.

Dans « Qui sait ? », par exemple, le narrateur revient du théâtre de la ville « à pied, d'un pas allègre, la tête pleine de phrases sonores, et le regard hanté par de jolies visions » (p. 69) : il est donc en confiance et rien n'indique qu'il va être confronté à des faits surnaturels. Pourtant, certains éléments du décor, certaines descriptions relèvent déjà du vocabulaire de l'étrange : dans la nuit brille « le vrai croissant du Sabbat [...] celui qui se lève après minuit, rougeâtre, morne, inquiétant » (*ibid.*), et, dans son jardin, le gros tas d'arbres a l'air « d'un tombeau où [sa] maison est ensevelie » (p. 70).

Néanmoins, face aux indices de situations décalées du réel et dont il devrait s'inquiéter, le narrateur se rassure en cherchant une explication rationnelle : la nervosité, la fatigue, le rêve, etc. Le narrateur de « Sur l'eau » pense avoir « les nerfs un peu ébranlés » (p. 32) et celui de « Qui sait ? » reconnait avoir « l'attention extérieure courte et vite épuisée » (p. 68), au point d'en ressentir un « intolérable malaise » (*ibid.*) dans le corps et l'esprit.

L'élément perturbateur

« Dans un monde qui est bien le nôtre se produit un événement qui ne peut s'expliquer par les lois de ce même monde familier » (TODOROV T., *Introduction à la littérature fantastique*, Paris, Seuil, 1970, p. 28). Cet évènement marque le début de l'aventure fantastique en rompant l'équilibre de la situation initiale : le héros est subitement mis face à l'intrusion d'un fait surnaturel, auquel il tente en vain de donner une explication. Il s'agit d'un avertissement, une invitation à ne pas transgresser les lois du surnaturel. Mais le héros ne tient pas compte de cet avertissement et le transgresse.

Dans le second récit de « La Peur », différents éléments étranges auraient dû attirer l'attention du narrateur dans « l'inoubliable tableau » (p. 24) qui s'offre à lui quand il entre chez le garde forestier. Pourtant, il préfère croire que ses hôtes sont en proie à une « terreur superstitieuse » (p. 25). Dans « Sur l'eau », l'avertissement est donné au moment où le narrateur ne peut remonter la chaine qui tient le canot immobile (p. 32) et, dans « Apparition », le simple fait de découvrir que la lettre à remettre au jardinier est cachetée tient lieu d'avertissement (p. 49).

L'aventure aurait pu s'arrêter là, mais le héros n'y voit pas une manifestation surnaturelle. Tout au plus trouve-t-il la situation insolite et continue-t-il à chercher une explication rationnelle. Il ne tient donc pas compte de l'avertissement et poursuit son aventure.

À partir de cette transgression, la peur s'empare davantage du héros. Ainsi, le narrateur de « Sur l'eau », incapable de faire avancer son canot, sent « une sueur froide » (p. 32) lui parcourir le corps.

Les péripéties

Il s'agit de l'ensemble des actions qui constitue l'histoire, c'est-à-dire l'aventure fantastique que va vivre le héros. Des évènements surnaturels, inexplicables, voire démoniaques se succèdent, la peur se fait de plus en plus présente, plongeant parfois le héros au bord de la folie : « Je me croyais devenu fou. » (« Lui ? », p. 62)

Le doute s'installe dans l'esprit du narrateur et il lui est difficile de trouver une explication rationnelle aux évènements dont il est la victime.

Il peut même lui arriver d'accepter la part de surnaturel : « Je fus ébloui par le plus merveilleux, le plus étonnant spectacle qu'il soit possible de voir. C'était une de ces fantasmagories du pays des fées, une de ces visions racontées par les voyageurs qui reviennent de très loin et que nous écoutons sans les croire. » (« Sur l'eau », p. 34)

L'élément équilibrant

Un évènement permet enfin à l'aventure de se terminer, comme l'arrivée du pêcheur dans « Sur l'eau » ou la lettre du jardinier annonçant le retour des meubles dans « Qui sait ? ».

La situation finale

C'est la fin de l'histoire. L'élément équilibrant a permis d'accéder à nouveau au calme de la situation initiale. Pourtant, rien n'est plus pareil, car l'aventure fantastique a laissé des traces et le héros en restera marqué à jamais.

Dans « Apparition », le vieux marquis de la Tour-Samuel est encore obsédé par l'aventure qu'il a vécue 56 ans auparavant : « Il ne se passe pas un mois sans que je la revoie en rêve. Il m'est demeuré de ce jour-là une marque, une empreinte de peur. » (p. 47) Il se peut aussi que certains personnages y laissent la vie, comme sir John Rowell, dans « La Main ».

Parfois, l'aventure n'est pas totalement terminée et une force surnaturelle ou maléfique menace encore le héros ou ses proches. Dans « Lui ? », le narrateur sait que ce n'est pas terminé : « Il est là parce que je suis seul, uniquement parce que je suis seul ! » (p. 64)

En réalité, aucune explication rationnelle n'est en mesure d'expliquer totalement les faits relatés par le narrateur, car « le fantastique, c'est l'hésitation éprouvée par un être qui ne connaît que les lois naturelles, face à un événement en apparence surnaturel » (TODOROV T., *Introduction à la littérature fantastique*, Paris, Seuil, 1970, p. 29).

C'est d'ailleurs en ces termes que s'exprime le juge M. Bermutier dans « La Main » : « J'ai eu autrefois à suivre une affaire où vraiment semblait se mêler quelque chose de fantastique. Il a fallu l'abandonner d'ailleurs, faute de moyens de l'éclaircir. » (p. 38)

LES THÈMES DU FANTASTIQUE

Les thèmes du fantastique sont nombreux et divers : êtres maléfiques (vampires, diables, sorcières), monstres, fantômes, objets animés, cas de possession, puissances surnaturelles (djinns, esprits), pratiques démoniaques ou occultes (sabbat des sorcières, messes noires), cauchemars, dédoublements de personnalité ou encore délires : la liste est loin d'être exhaustive.

Êtres maléfiques, monstres et fantômes

On classera dans cette catégorie des humains, animaux et formes dont l'irruption dans le récit provoque la surprise, puis la peur.

C'est avant tout leur apparence affreuse ou étrange, ainsi que leur comportement et leur présence insolite dans notre monde qui sont en décalage avec la réalité et tiennent du surnaturel.

Parmi les êtres maléfiques et les monstres, on retrouve tant des humains que des animaux : vampires, loups-garous, zombies, etc. Deux contes fantastiques du recueil de Maupassant reprennent ce thème : « La Main » et « La Peur ».

Dans « La Main », c'est tout d'abord l'arrivée de l'Anglais, sir John Rowell, et son comportement qui intriguent les habitants d'Ajaccio : « Bientôt tout le monde s'occupa de ce personnage singulier, qui vivait seul dans sa demeure, ne sortant que pour chasser et pour pêcher. [...] Des légendes se firent autour de lui. » (p. 39)

Le narrateur décrit ensuite l'étrange chose qui attira son regard dans la demeure de cet homme : « Une main d'homme [...], une main noire desséchée, avec les ongles jaunes, les muscles à nu et des traces de sang ancien, de sang pareil à une crasse, sur les os coupés net. » (p. 41) Et cette main, bien que détachée du reste du corps, est animée : elle vit, elle tue et poursuit le narrateur jusque dans ses cauchemars, courant « comme un scorpion ou comme une araignée » (p. 43).

Dans le second récit de « La Peur », Maupassant fait également intervenir un être maléfique pour susciter l'effroi : « Un être glissait contre le mur du dehors [...] ; puis soudain une tête apparut contre la vitre du judas, une tête blanche avec des yeux lumineux comme des fauves. » (p. 26)

Quant au fantôme, appelé aussi spectre, ombre ou revenant, il s'agit d'un mort qui revient dans le monde des vivants pour le hanter ou qui attend désespérément qu'un humain l'aide à passer dans le monde des morts.

Il s'agit le plus souvent d'apparitions, évanescentes et vaporeuses, comme la mystérieuse défunte d'« Apparition ». Cette « grande femme vêtue de blanc » se déplace comme « un courant d'air » (p. 51), et, quoiqu'elle ne frôle que légèrement le vieux marquis, il en tombe presque à la renverse : « Je ne crois pas aux fantômes ; eh bien ! j'ai défailli sous la hideuse peur des morts. » (p. 52)

Enfin, dans cette catégorie, on peut également ranger les esprits surnaturels, les démons et autres manifestation du Mal. Dans le premier récit de « La Peur », le roulement du tambour des sables épouvante les Arabes, car il incarne l'esprit qui annonce la mort : « Toujours ce tambour m'emplissait l'oreille de son bruit monotone, [...] et je sentais se glisser dans mes os la peur, la vraie peur, la hideuse peur. » (p. 23)

Objets animés et possessions

La possession est souvent le fait d'un magicien, d'un sorcier ou du diable. Elle peut toucher les objets comme les êtres, morts ou vivants, et mène à des conséquences désastreuses pour le héros, puisqu'elle bouleverse sa vie et touche à sa santé mentale. Il n'est pas rare que le héros bascule dans la folie, se croyant victime d'hallucinations.

« Qui Sait ? » relate l'expérience plutôt insolite d'un homme dont les meubles et les effets personnels ont pris vie un soir, sous l'effet de l'intervention d'un brocanteur de Rouen, aux allures de magicien. En effet, c'est dans sa boutique que le narrateur retrouve ses biens : « Je retrouvais, de pas en pas, tout ce qui m'avait appartenu, mes lustres, mes livres, mes tableaux, mes étoffes, mes armes, tout, sauf le bureau plein de mes lettres, et que je n'aperçus point. » (p. 76)

Cette aventure marque le héros à tel point qu'il décide d'entrer volontairement en hôpital psychiatrique, tant son état mental s'est dégradé. Depuis ce qui lui est arrivé, la peur ne le quitte plus et il vit cette histoire « comme un intolérable cauchemar » (p. 67).

Pratiques démoniaques et occultisme

On retrouve sous ce thème tout ce qui est lié à la magie. Un magicien, un sorcier ou un être investi d'un pouvoir démoniaque et maitrisant les forces de l'univers donne vie aux objets ou fait revenir les morts parmi les vivants. « Qui Sait ? » met ainsi en scène un étrange brocanteur qui donne vie aux objets et dont l'apparence seule inspire la crainte : « Un tout petit homme, [...] un hideux phénomène. La figure était ridée et bouffie, les yeux imperceptibles. » (p. 77)

Double, délires, onirisme et folie

Le double fait référence au « Ça » des théories élaborées par Sigmund Freud (neurologue autrichien et fondateur de la psychanalyse, 1856-1939). Ce double désigne l'instinct primitif de l'homme, le siège des passions, des pulsions et des désirs refoulés. Il met le héros face à lui-même : les évènements peuvent alors prendre le chemin de l'onirisme, car le héros, éveillé, est victime d'hallucinations qu'il compare à un rêve. Parfois, le double peut également représenter le « Surmoi », justicier et moralisateur, pouvant mener le héros vers l'égarement et la folie.

« Sur l'eau » renvoie à la fois au délire et à l'onirisme. Le canotier, fatigué et peut-être un peu éméché, raconte en effet son histoire comme s'il s'agissait d'une hallucination ou d'un rêve éveillé : « J'étais comme enseveli jusqu'à la ceinture dans une nappe de coton d'une blancheur singulière, et il me venait des imaginations fantastiques. » (p. 32)

« Lui ? » reprend le thème du double. Le narrateur raconte ainsi sa vision : une « hallucination [...] un accident nerveux de l'appareil optique, un peu de congestion peut-être » (p. 61). Il essaie ainsi de se rassurer, car le lecteur, de son côté, comprend très vite que c'est son double que le narrateur a vu dans son fauteuil, son autre Moi auprès duquel il s'est avancé « pour lui toucher l'épaule » (*ibid.*) : « Je m'aperçus, en me baissant vers le feu, que je tremblais, et je me relevai d'une secousse, comme si on m'eût touché par derrière. » (*ibid.*)

Dans l'écriture d'œuvres fantastiques, le choix du thème dépend non seulement de l'époque à laquelle a été écrit l'ouvrage, car l'auteur puise dans les peurs collectives, mais aussi de la personnalité de l'écrivain et de sa santé mentale.

Quel que soit ce choix, le thème est le moteur du récit, car il fait agir des forces mystérieuses qui insufflent la peur et le doute chez le lecteur. Parfois, le thème révèle les passions et les pulsions interdites par la loi ou réprouvées par la morale (homosexualité, nécrophilie, etc.).

Le fantastique oscille entre réalité et imaginaire, à la frontière du conte merveilleux. Dans le recueil *La Peur et Autres Contes fantastiques*, les narrateurs racontent des mésaventures qu'ils ont eux-mêmes vécues, en un lieu identifiable et en un temps précis. Ils gardent d'ailleurs des traces bien visibles des évènements qu'ils relatent. Tout est présenté pour que la véracité de ces aventures puisse donc facilement être vérifiée : les preuves sont là. Sauf qu'il y a cette peur, omniprésente, qui retient les personnages de chercher plus d'explications sur ce qui leur est arrivé. La peur caractérise, par-dessus tout, le récit fantastique et crée un lien étroit entre le narrateur et le lecteur. Elle les renvoie au côté sombre de l'être humain : les pulsions, la folie, et les dérives et excès sanctionnés par la morale.

PISTES DE RÉFLEXION

QUELQUES QUESTIONS POUR APPROFONDIR SA RÉFLEXION...

- Expliquez pourquoi la fin du conte « Sur l'eau » a de quoi surprendre le lecteur.
- Dans le conte « La Main », comparez l'expression de la peur du juge M. Bermutier avec celle de sir John Rowell.
- Les contes fantastiques de Maupassant suivent la structure du récit dans le récit (récit encadrant et récit encadré). En vous basant sur un des contes du recueil, expliquez en quoi cette structure est intéressante dans le genre fantastique.
- Relevez trois champs lexicaux ayant trait à l'univers fantastique. Illustrez-les avec des exemples tirés des différentes nouvelles.
- Relevez, dans chacun des contes de Guy de Maupassant, l'explication rationnelle apportée par l'auteur pour chaque récit.
- Guy de Maupassant est un écrivain qui appartient au courant réaliste. Relevez, dans les

différents contes étudiés, des éléments qui confirment cette thèse.

- Lisez la nouvelle *Continuité des parcs* (1956) de Julio Cortázar (écrivain argentin, 1914-1984), et dressez une comparaison avec « Lui ? » de Guy de Maupassant.
- Guy de Maupassant a écrit plusieurs nouvelles autour du thème de la folie. Comparez le conte « Lui ? » avec la nouvelle *Le Horla* (seconde version).
- « Apparition » évoque le monde des morts et le thème des revenants. Comparez ce conte avec la nouvelle fantastique *La Cafetière* (1831), de Théophile Gautier.
- « Qui sait ? » met en scène des objets animés. Dans quel autre genre littéraire proche du fantastique retrouve-t-on aussi ce thème ? Comparez les deux genres et illustrez avec des exemples.

Votre avis nous intéresse !
Laissez un commentaire sur le site de votre librairie en ligne
et partagez vos coups de cœur sur les réseaux sociaux !

POUR ALLER PLUS LOIN

ÉDITION DE RÉFÉRENCE

- MAUPASSANT G. de, *La Peur et Autres Contes fantastiques*, Paris, Larousse, 2009, 127 p.

ÉTUDES DE RÉFÉRENCE

- BESSIÈRE I., *Le récit fantastique*, Paris, Larousse, 1974.

- COUTY D., *Le Fantastique*, Paris, Bordas, 1986.

- RICHTER A., *Guy de Maupassant, Contes fantastiques*, Paris, Marabout, 2010.

- STEINMETZ J.-L., *La littérature fantastique*, Paris, P.U.F., 2008, coll. « Que sais-je ? », n° 907.

- TODOROV T., *Introduction à la littérature fantastique*, Paris, Seuil, 1970.

SUR LEPETITLITTÉRAIRE.FR

- Fiche de lecture sur *Bel-Ami* de Guy de Maupassant.

- Fiche de lecture sur *Boule de suif* de Guy de Maupassant.

- Fiche de lecture sur *La Maison Tellier* de Guy de Maupassant.

- Fiche de lecture sur *La Parure* de Guy de Maupassant.

- Fiche de lecture sur *Le Horla* de Guy de Maupassant.

- Fiche de lecture sur *Le Papa de Simon* de Guy de Maupassant.

- Fiche de lecture sur *Les Contes de la bécasse* de Guy de Maupassant.

- Fiche de lecture sur *Mademoiselle Perle et Autres Nouvelles* de Guy de Maupassant.

- Fiche de lecture sur *Pierre et Jean* de Guy de Maupassant.

- Fiche de lecture sur *Une vie* de Guy de Maupassant.

Retrouvez notre offre complète sur lePetitLittéraire.fr

- des fiches de lectures
- des commentaires littéraires
- des questionnaires de lecture
- des résumés

ANOUILH
- Antigone

AUSTEN
- Orgueil et
  Préjugés

BALZAC
- Eugénie Grandet
- Le Père Goriot
- Illusions perdues

BARJAVEL
- La Nuit des
  temps

BEAUMARCHAIS
- Le Mariage
  de Figaro

BECKETT
- En attendant
  Godot

BRETON
- Nadja

CAMUS
- La Peste
- Les Justes
- L'Étranger

CARRÈRE
- Limonov

CÉLINE
- Voyage au bout
  de la nuit

CERVANTÈS
- Don Quichotte
  de la Manche

CHATEAUBRIAND
- Mémoires
  d'outre-tombe

**CHODERLOS
DE LACLOS**
- Les Liaisons
  dangereuses

CHRÉTIEN DE TROYES
- Yvain ou le
  Chevalier au lion

CHRISTIE
- Dix Petits Nègres

CLAUDEL
- La Petite Fille de
  Monsieur Linh
- Le Rapport
  de Brodeck

COELHO
- L'Alchimiste

CONAN DOYLE
- Le Chien des
  Baskerville

DAI SIJIE
- Balzac et la
  Petite
  Tailleuse chinoise

DE GAULLE
- Mémoires
  de guerre
  III. Le Salut.
  1944-1946

DE VIGAN
- No et moi

DICKER
- La Vérité sur
  l'affaire Harry
  Quebert

DIDEROT
- Supplément
  au Voyage de
  Bougainville

DUMAS
- Les Trois
  Mousquetaires

ÉNARD
- Parlez-leur
  de batailles,
  de rois et
  d'éléphants

FERRARI
- Le Sermon sur la
  chute de Rome

FLAUBERT
- Madame Bovary

FRANK
- Journal
  d'Anne Frank

FRED VARGAS
- Pars vite et
  reviens tard

GARY
- La Vie devant soi

GAUDÉ
- La Mort du
  roi Tsongor
- Le Soleil des
  Scorta

GAUTIER
- La Morte
  amoureuse
- Le Capitaine
  Fracasse

GAVALDA
- 35 kilos d'espoir

GIDE
- Les
  Faux-Monnayeurs

GIONO
- Le Grand
  Troupeau
- Le Hussard
  sur le toit

GIRAUDOUX
- La guerre de
  Troie
  n'aura pas lieu

GOLDING
- Sa Majesté des
  Mouches

GRIMBERT
- Un secret

HEMINGWAY
- Le Vieil Homme
  et la Mer

HESSEL
- Indignez-vous !

HOMÈRE
- L'Odyssée

HUGO
- Le Dernier Jour
  d'un condamné
- Les Misérables
- Notre-Dame
  de Paris

HUXLEY
- Le Meilleur
  des mondes

IONESCO
- Rhinocéros
- La Cantatrice
  chauve

JARY
- Ubu roi

JENNI
- L'Art français
  de la guerre

JOFFO
- Un sac de billes

KAFKA
- La Métamorphose

KEROUAC
- Sur la route

KESSEL
- Le Lion

LARSSON
- Millenium I. Les
  hommes qui
  n'aimaient pas
  les femmes

LE CLÉZIO
- Mondo

LEVI
- Si c'est un
  homme

LEVY
- Et si c'était vrai…

MAALOUF
- Léon l'Africain

MALRAUX
- La Condition
  humaine

MARIVAUX
- La Double
  Inconstance
- Le Jeu de l'amour
  et du hasard

MARTINEZ
- Du domaine
  des murmures

MAUPASSANT
- Boule de suif
- Le Horla
- Une vie

MAURIAC
- Le Nœud
  de vipères

MAURIAC
- Le Sagouin

MÉRIMÉE
- Tamango
- Colomba

MERLE
- La mort est
  mon métier

MOLIÈRE
- Le Misanthrope
- L'Avare
- Le Bourgeois
  gentilhomme

MONTAIGNE
- Essais

MORPURGO
- Le Roi Arthur

MUSSET
- Lorenzaccio

MUSSO
- Que serais-je
  sans toi ?

NOTHOMB
- Stupeur et
  Tremblements

ORWELL
- La Ferme
  des animaux
- 1984

PAGNOL
- La Gloire de
  mon père

PANCOL
- Les Yeux jaunes
  des crocodiles

PASCAL
- Pensées

PENNAC
- Au bonheur
  des ogres

POE
- La Chute de la
  maison Usher

PROUST
- Du côté de
  chez Swann

QUENEAU
- Zazie dans
  le métro

QUIGNARD
- Tous les matins
  du monde

RABELAIS
- Gargantua

RACINE
- Andromaque
- Britannicus
- Phèdre

ROUSSEAU
- Confessions

ROSTAND
- Cyrano de
  Bergerac

ROWLING
- Harry Potter à
  l'école des sor-
  ciers

SAINT-EXUPÉRY
- Le Petit Prince
- Vol de nuit

SARTRE
- Huis clos
- La Nausée
- Les Mouches

SCHLINK
- Le Liseur

SCHMITT
• La Part de l'autre
• Oscar et la
  Dame rose

SEPULVEDA
• Le Vieux qui
  lisait des romans
  d'amour

SHAKESPEARE
• Roméo et Juliette

SIMENON
• Le Chien jaune

STEEMAN
• L'Assassin
  habite au 21

STEINBECK
• Des souris et
  des hommes

STENDHAL
• Le Rouge et
  le Noir

STEVENSON
• L'Île au trésor

SÜSKIND
• Le Parfum

TOLSTOÏ
• Anna Karénine

TOURNIER
• Vendredi ou
  la Vie sauvage

TOUSSAINT
• Fuir

UHLMAN
• L'Ami retrouvé

VERNE
• Le Tour
  du monde
  en 80 jours
• Vingt mille
  lieues sous
  les mers
• Voyage au
  centre de
  la terre

VIAN
• L'Écume des jours

VOLTAIRE
• Candide

WELLS
• La Guerre des
  mondes

YOURCENAR
• Mémoires
  d'Hadrien

ZOLA
• Au bonheur
  des dames
• L'Assommoir
• Germinal

ZWEIG
• Le Joueur
  d'échecs

ISBN version numérique : 978-2-8062-3083-6
ISBN version papier : 978-2-8062-3085-0
Dépôt légal : D/2017/12603/977

Avec la collaboration d'Ariane César pour les chapitres « Le schéma narratif du conte fantastique » et « Les thèmes du fantastique ».

Conception numérique : Primento, le partenaire numérique des éditeurs.

Ce titre a été réalisé avec le soutien de la Fédération Wallonie-Bruxelles, Service général des Lettres et du Livre.